Sami et la neige

Texte de Mary Labatt
Illustrations de Marisol Sarrazin

Texte français d'Isabelle Allard

Éditions
SCHOLASTIC

Catalogage avant publication de Bibliothèque et Archives Canada

Labatt, Mary, 1944-
[Sam's Snowy Day. Français]
Sami et la neige / Mary Labatt;
illustrations de Marisol Sarrazin;
texte français d'Isabelle Allard.

(J'apprends à lire)
Traduction de : Sam's Snowy Day.
Pour les 3-6 ans.
ISBN 0-439-95306-5

I. Sarrazin, Marisol, 1965- II. Allard, Isabelle
III. Titre. IV. Titre: Sam's Snowy Day. Français.
V. Collection: J'apprends à lire (Éditions Scholastic)

PS8573.A135S2614 2005   jC813'.54   C2005-900821-0

Conception graphique : Marie Bartholomew

Édition publiée par les Éditions Scholastic,
175 Hillmount Road, Markham (Ontario) L6C 1Z7,
avec la permission de Kids Can Press Ltd.

5 4 3 2 1   Imprimé et relié en Chine   05 06 07 08

Sami se réveille et regarde dehors.

Tout est blanc!

Les toits sont blancs.

Le gazon est blanc.

La voiture est blanche.

« Qu'est-ce que c'est? » pense Sami.

Sami va chercher Joanne et Bob.

Elle revient à la fenêtre.

– Ouaf! dit Sami. Ouaf! Ouaf!

Joanne et Bob rient.

— C'est de la neige, Sami! dit Bob.

Je suis sûr que tu vas aimer ça.

« De la neige? » pense Sami.

Joanne et Bob mettent leurs bottes

et leurs manteaux. Puis ils mettent

leurs mitaines et leurs chapeaux.

— Allons jouer dehors, dit Joanne.

Elle ouvre la porte.

Sami pose une patte sur la neige,

mais elle la relève aussitôt.

« Brrr! pense Sami. La neige,

c'est froid pour les pattes! »

Sami avance le museau et renifle

la neige. Elle éternue.

« La neige entre dans mon nez »,

pense Sami.

Sami sort la langue et lèche la neige.

« Mmm! pense Sami. La neige,

ça goûte l'eau. »

— Allons au parc, dit Joanne.

Nous allons nous amuser!

Bob sort la luge.

— Monte! dit-il à Sami.

Bob tire Sami jusqu'au parc.

Il y a beaucoup de monde au parc.

Des enfants font des bonshommes de

neige ou jouent dans la neige.

« Ça a l'air amusant! » pense Sami.

– Regarde, dit Bob. Ces enfants font
des anges de neige.

« Moi aussi, je peux faire un ange »,

pense Sami. Elle se couche par terre

et agite les pattes.

Elle se relève pour regarder.

Cela ne ressemble pas à un ange.

Des enfants lancent des boules de neige.

« Moi aussi, je veux jouer », pense Sami.

Elle saute pour attraper une boule de neige.

Paf!

La boule de neige frappe Sami.

— Pauvre petit chien! disent les enfants.

D'autres enfants glissent sur la glace.

« Moi aussi, je veux glisser », pense Sami.

Elle court vers la patinoire.

Zoum!

Sami tombe de tout son long sur la glace.

– Pauvre petit chien! disent les enfants.

D'autres enfants creusent dans la neige.

« Moi aussi, je veux creuser », pense Sami.

Elle court creuser dans le banc de neige.

Floc!

La neige tombe sur Sami.

— Pauvre petit chien! disent les enfants.

Puis Sami voit une colline.

Les enfants font de la luge.

– Viens, petit chien! disent-ils.

Sami monte sur la luge avec les enfants.

Ils descendent la colline.

— Yééé! crient les enfants.

— Ouaf! Ouaf! dit Sami.

— Viens, petit chien! disent les enfants.

On recommence!

Sami remonte la colline avec eux.

Ils descendent la colline de nouveau.

Ils glissent de plus en plus vite!

— Yééé! crient les enfants.

— Ouaf! Ouaf! Ouaf! dit Sami.

Personne ne voit le bonhomme de neige

au pied de la colline.

— Sautez! crient Joanne et Bob.

Tous les enfants sautent de la luge.

« Pas moi! pense Sami.

C'est trop amusant! »

Boum!

La luge frappe le bonhomme de neige.

— Oh non! crient Joanne et Bob.

— Où est le petit chien? crient les enfants.

« Je suis un bonhomme de neige! »

Sami sort de la neige en se tortillant.

« Je ne suis pas un chien », pense-t-elle.